KB073488

벨,
진정한 아름다움은 내 안에 있어

자신만의 가치를 찾고 싶은 너에게

벨,
진정한 아름다움은 내 안에 있어

미녀와 야수 원작

RHK
알에이치코리아

Disney Ladies Series
디즈니 레이디스 시리즈

어렸을 때부터 어른이 된 지금까지
오랜 시간 동안 우리에게
따뜻한 위로와 진심 어린 응원을 전하고 있는
디즈니 애니메이션.

삶을 더욱 빛나고 단단하게 만들어준,
자신이 얼마나 가치 있는 사람인지 알게 해준,
디즈니의 여성들이 전하는 이야기입니다.

프랑스 지방의 전래 동화를 각색하여 탄생한 디즈니 애니메이션 〈미녀와 야수〉는 작은 시골 마을에 사는 벨이라는 아름다운 아가씨의 이야기를 담고 있습니다.

마법에 걸려 흉측한 외모가 된 야수를 만난 벨은 겉보기와는 달리 내면이 따뜻한 야수에게 조금씩 호감을 느끼게 되고, 야수 또한 벨 덕분에 타인에 대한 배려와 사랑을 알게 되어 마침내 진정한 사랑을 통해 저주가 풀려 아름다운 왕자의 모습을 되찾습니다.

사람은 누구나 외모에 관심을 둡니다. 하지만 사실 가장 중요한 것은 내면에 있는 마음입니다. 〈미녀와 야수〉에서는 우리에게 진정한 아름다움이 무엇인지 알려줍니다.

내면을 아름답게 가꿔 빛나는 자신을 꿈꿔보세요.

벨

호기심이 많고, 상상력이 풍부하다. 책을 좋아하며 지적이고 당찬 여성이다.

야수

왕자였으나 마녀로 둔갑한 요정의 노여움을 사 야수가 된다. 벨을 만나 따뜻한 성격으로 변한다.

개스톤

마을에서 가장 힘센 청년이다. 남의 말을 듣지 않으며, 벨에게 집착한다.

르미에르

마법으로 인해 장식용 촛대로 변했다. 재치 있는 성격의 소유자이다.

콕스워스

마법으로 인해 시계로 변했다. 고지식한 성격을 갖고 있다.

미세스 팟

요리사이자 칩의 엄마. 마법으로 인해 주전자로 변했다. 온화한 성격을 갖고 있다.

칩

미세스 팟의 아들로 마법으로 인해 찻잔으로 변했다. 귀엽고 순수하다.

Contents

가장
나다울 때
빛날 수 있어요

**자신만의
행복을 찾아요**

3

**진실을
보는
눈을 가져요**

01

가장 나다울 때
빛날 수 있어요

마음에서 우러나오는
웃음은 아름다워요

밝고 환한 웃음은 사람을 한층 더 매력적으로 보이게 합니다.
그중에서도 살짝 수줍어하는 듯한
벨의 미소는 유난히 아름답지요.
남에게 호감을 사기 위해 짓는
억지웃음이 아니기 때문이에요.
상대의 호감을 사기 위한 거짓 웃음이나
남의 마음을 떠보기 위한 가식적인 웃음은
오히려 상대방에게 불쾌감을 줄 수 있습니다.
중요한 일을 웃음으로 무마시키려는 행동은
자칫 화를 부르기도 하고요.

벨의 미소가 아름다운 이유는
언제나 마음에서 우러나오는 진심을 전하기 때문입니다.

노래로 마음을 전할 수 있어요

벨이 평범한 시골 마을의 거리를 걸으면서
노래 'Belle'을 부르는 장면이 〈미녀와 야수〉에 나와요.
벨의 성격과 꿈에 대한 이야기가 노래에 담겨 있지요.
활기 넘치는 노래를 들으면,
관객들은 단숨에 작품 속으로 빠져들게 됩니다.
노래는 작품 속 인물들이 느끼는 감정을 생생히 전달합니다.
일상적인 대화로는 꺼내기
어려운 말도 노래로는 솔직하게 표현할 수 있지요.
노래는 마음을 나누는 커뮤니케이션 수단 중 하나입니다.

말로 설명하기 어려운 사랑과

감사의 마음을 노래로 전해보는 건 어떨까요?

책을 읽어요

책 읽기를 좋아하는 벨은 독서 덕분에 풍부한 상상력과
사물의 본질을 꿰뚫어 보는 현명함을 키웠습니다.
소크라테스는 "책을 읽으면, 남들이 노력하고
고생해서 얻은 것을 쉽게 손에 넣을 수 있으며,
자신을 성장시킬 수 있다"라고 말했습니다.
책은 사람을 성장시키는 비밀이 담긴 보물 창고입니다.
독서를 즐기면, 교양과 상상력이 풍부해집니다.
사고력이 커지면, 시야가 넓어지고
어휘력도 좋아져 문장력과 말하기 능력도 발전합니다.
이외에도 많은 장점을 얻을 수 있지요.

평소 책을 많이 읽지 않는다면 항상 책을 들고 다니며
틈틈이 짬이 날 때마다 책을 펼쳐보세요.
사물의 본질을 꿰뚫어 보는 눈을 키울 수 있을 거예요.

상상의 세계에 빠져보세요

벨의 즐거움은 책을 읽고 상상의 세계에 빠져드는 것입니다.
우리 역시 행복한 미래를 상상하면서 이루고 싶은 꿈을
하나씩 실현해나가면 어떨까요?

벨의 상상이 현실이 되었듯이,
우리의 상상도 언젠가는
현실이 되어 눈앞에 펼쳐질지도 모릅니다.

모험을 꿈꾸세요

호기심이 강한 벨은
넓은 세상에 나가 가슴 설레는 모험을 하고 싶어 합니다.
현실에도 늘 똑같은 일상에 지쳐
변화를 꿈꾸는 사람이 많지요.

이제껏 먹어본 적 없는 음식을 먹고,
입어본 적 없는 옷을 입으며,
새로운 일을 배워보세요.
그런 소소한 모험이 지루한 일상에
신선한 기운을 불어넣어 줄 거예요.

하고 싶은 말은 참지 마세요

분노는 불만스럽거나 불쾌감을 주는 상대에게 참지 않고
자신의 기분을 솔직하게 표현하는 것입니다.
그럴 때 벨은 냉철하고 명확하게 자신의 의견을 말합니다.
다만 분노할 때 한 가지 주의해야 할 점은
분노를 표현하는 방식입니다.
화나는 감정 자체를 쏟아내는 것이 아니라
불쾌감을 주는 행동을
중지해달라는 뜻을 전하는 것이 목적이 되어야 합니다.

벨처럼 자신의 기분과 생각은 분명하게 전해야 합니다.

그리고 반성하기는커녕 남의 말엔 전혀 신경 쓰지 않는
개스톤 같은 사람은 멀리하는 것이 좋겠지요.

자신을
돌아보는 것도 필요해요

야수는 윗옷을 입지 않은 채 난폭하게 기어 다닙니다.
하지만 벨과 함께 지내면서
셔츠와 재킷을 걸치고 두 발로 걷기 시작하죠.
멋지게 차려입고 벨과 함께 춤을 춘 무도회에서는
파란 눈이 아름다운 순수한 청년으로 느껴지기도 합니다.
사람은 겉모습으로 판단하면 안 되지만,
내면의 변화는 외면의 변화로도 나타납니다.

하인들의 시중을 받으며 제멋대로 성장해

남을 사랑하고 배려하는 마음을 잃어버린 젊고 아름다운 왕자.

그렇게 계속 살았다면,

그 역시 개스톤과 같은 괴물이 되었을 것입니다.

야수가 진실한 사람으로 성장하기 위해서는

자기 자신의 내면을 돌아볼 기회가 필요했습니다.

스스로 판단하세요

벨은 서쪽 탑에 가지 말라는 야수의 말을 들었음에도
호기심을 이기지 못하고 결국 가게 됩니다.
무서운 야수를 피해 도망치지만,
늑대와 싸우다 다친 야수를 데리고 다시 성으로 돌아가지요.
벨은 항상 다른 사람의 말이 아니라
자신의 의지로 판단하고 행동합니다.

스스로 결정한다는 것은 남의 탓을 하지 않고,
자신의 인생을 책임진다는 뜻입니다.

스스로 생각하고 결정한 일이라면,
어떤 결과와 마주하더라도 받아들여야겠지요.

자신의 개성을 인정하세요

벨은 억지로 자신을 바꾸려고 애쓰지 않습니다.

자신의 개성을 받아들이고 스스로를 믿기 때문이지요.

그것이 바로 자신감입니다.

자신감이란 자기 자신에 대한 믿음입니다.

세상에 완벽한 사람은 없습니다.

누구나 결점을 안고 살아갑니다.

자신의 개성을 받아들이고
스스로를 믿는 사람은 주변의 인정을 받을 수밖에 없습니다.

02

자신만의
행복을 찾아요

감사의 마음을 말로 전해요

책방 주인에게 좋아하는 책을
선물 받은 벨은 감사 인사를 전합니다.
누군가에게 도움을 받으면,
고마운 마음을 반드시 말로 표현하는 게 좋습니다.
감사 인사는 상대방을 기쁘게 하는 동시에
말하는 사람도 행복을 느끼게 합니다.

생명의 시인 아이다 미쓰오는 이런 말을 했습니다.
"고맙다는 말에는 마법이 담겨 있다.
소리 내어 말하면, 행복의 신이 찾아온다."

가족은
누구에게나 소중해요 🪶

벨은 발명가인 아버지 모리스가 미쳤다며
비웃는 개스톤에게 화를 냅니다.
아버지를 깊이 사랑하는 벨이
아버지를 욕하는 사람들에게 화를 내는 것은 당연하지요.
상대방의 가족이나 친구에게 불만이 있더라도
상대방에게는 소중한 사람입니다.

억지로 좋은 사이가 되려고 애쓸 필요는 없지만,
예의를 지키는 것이 좋습니다.

주변 사람들을 격려하세요

거듭되는 실패에 의기소침해 있던 모리스는
벨의 격려에 자신감을 되찾고,
장작 패는 기계를 발명하는 데 성공합니다.
벨의 진심 어린 격려가 모리스에게 용기를 줬지요.
힘든 상황에 처한 사람을 격려할 때,
가벼운 마음으로 힘내라고 말하면
오히려 상대방이 불쾌하게 여길 수도 있습니다.
이럴 때 필요한 것은
듣기 좋은 달콤한 말이 아니라
상대방의 고통을 진심으로 이해하는 마음입니다.

누군가 나의 격려를 필요로 한다면,

상대방이 스스로를 긍정하고

자신감을 얻을 수 있도록 진심을 담아 격려해보세요.

부모님을
소중하게 생각하세요 🌿

병이 든 아버지 대신 야수의 성에 남기를 자처한 벨은
아버지 모리스를 누구보다도 소중하게 생각합니다.
하지만 모든 부모와 자식이
벨과 모리스처럼 사이가 좋지는 않습니다.
성격이 맞지 않거나 부모와 자식이 각자 기대하는 바가 달라
서로에게 상처받고 미워하는 사람도 있습니다.
분명한 점은 부모와 자식은 바꿀 수 없다는 사실입니다.

돌이킬 수 없는 일로 마음 아파하며 살기보다는
인생을 더 즐겁고
행복하게 만들고자 노력하는 편이 훨씬 더 좋을 거예요.

권위에 지지 마세요

벨은 상대방이 자신의 뜻을 무시하고 명령하거나
다짜고짜 화낼 때 하고 싶은 말을 참지 않습니다.
야수의 만찬 초대를 거절한 것도

불합리하게 성에 갇히게 된 일에 대한 분노와 저항의 표시였지요.

비록 자유를 잃었지만,

모든 것을 야수의 뜻에 따르지는 않겠다는

의지의 표현이기도 했습니다.

자신보다 힘 있는 사람에게는 굽실거리다가도,

힘없는 사람 앞에서는 거만해지는 사람이 있지요.

상대방이 어떤 위치에 있든
늘 한결같은 모습을 보이는 사람이 진실한 사람입니다.

눈물은 마음을 정화시켜요 🪶

아버지를 대신하여 야수의 성에 홀로 남게 된 벨은
침대에 엎드려 눈물을 흘립니다.
한차례 울고 나서는 미세스 팟과 이야기를 나누며
기운을 되찾지요.
가끔 실컷 울고 난 뒤
감정이 정리되고 마음이 개운해지는 경험을 하지 않나요?

눈물은 때론 마음을 정화시키는 힘이 있답니다.

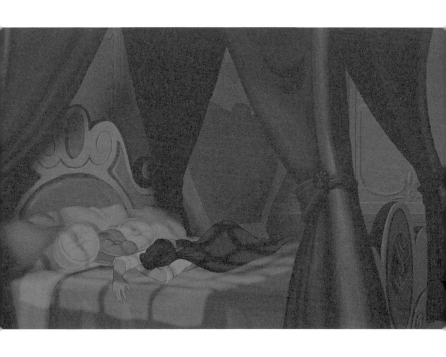

다른 사람에게
기대도 괜찮아요

성에 갇혀 슬픔에 빠져 있던 벨은
마법에 걸려 성에 살고 있던 하인들의
위로를 받게 됩니다.
아무리 힘든 상황 속에 있더라도
좋은 친구들의 위로는 마법처럼 힘이 되기도 하지요.
너무 힘들 땐 혼자 해결하려 하지 말고,
주변에 도움을 청해보세요.

때론 누군가에게 기대는 것도 필요해요.

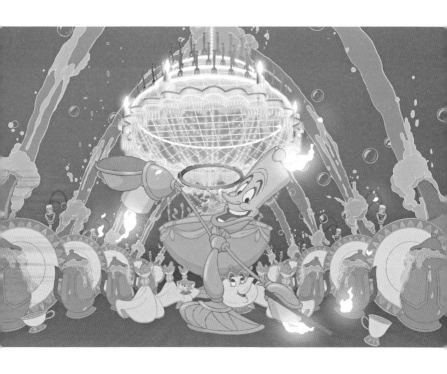

하기 싫은 일은 거절하세요

우리는 종종 다른 사람의 부탁을 거절하지 못해
후회할 때가 많이 있습니다.
상대방을 실망시키고 싶지 않아서,
기대에 응하고 싶어서 말이죠.
마음이 약해 거절하지 못하는 사람도 많지만,
자기 자신도 소중히 여겨야 합니다.

이럴 땐, 자신의 감정과 상황을 정확히 파악한 뒤
상대방이 마음 상하지 않도록
정중하게 거절하는 용기가 필요합니다.

자신만의 행복을 찾으세요

벨은 사람들의 일반적인 기준이 아닌
자신의 가치 기준에 따라 행동합니다.
사람들이 부러워할 만한 일에
관심을 두는 것이 아니라 자신만의 행복을 꿈꾸지요.
세상의 기준에 따라 인생의 성공과 실패를 판단하는 것은
어리석은 일입니다.
인생의 성공을 논하려면,
자신만의 행복을 찾았는지 아닌지를 살펴봐야 하죠.
행복은 무엇일까요?
정답은 없답니다.
행복의 기준은 사람에 따라 다르기 때문이지요.

세상의 기준에 휘둘리지 말고,
자신이 원하는 행복을 좇아보세요.

때로는
좌절해도 괜찮아요

성에 남아 울고 있는 벨을 찾아온 미세스 팟은
"기운 내요. 결국엔 모두 다 잘될 거예요."라는 말을 전합니다.

삶이 생각대로 흘러가지 않더라도
현재에 충실하며 긍정적인 마음으로 조금씩 성장해나가면,
결국엔 모두 다 잘될 것입니다.

나를 진심으로
이해하는 사람을 찾아보세요

모리스는 벨을 가장 잘 이해해주는 사람입니다.
벨은 그런 아버지에게 자신의 고민을 솔직하게 털어놓습니다.
말이 통하는 사람도 없고,
마을 생활에 적응도 못하는 것 같다고요.
자신을 진심으로 이해하고
있는 그대로 인정해주는 아버지가 곁에 있었기에
벨 역시 스스로를 사랑할 수 있었습니다.

여러분 곁에는 여러분을

있는 그대로 인정해주는 사람이 있나요?

자신을 냉철하게 돌아봐요

개스톤은 질투와 증오에 사로잡혀 괴물이 되어갑니다.
그를 괴물로 만든 것은 과도한 자만심이었습니다.
자신감은 자신을 있는 그대로 인정하고 신뢰하는 마음이지만,
자만심은 스스로에게 도취되어
자신의 참모습을 보지 못해서 생기는 감정입니다.
자신감이 자기만족이라면,
자만심은 자아도취라고 할 수 있지요.
개스톤은 마을에서 가장 아름다운 여인과
결혼하고 싶을 뿐, 진심으로 벨을 사랑하지는 않습니다.
그가 사랑하는 사람은 자기 자신뿐이지요.

그래서 벨에게 거절당했을 때 자신의 뜻대로
되지 않는 일도 있다는 사실을 받아들일 수 없었던 것입니다.

자존심에 상처를 입었다고 분노하기보다는
자신을 냉철하게 돌아보고 물러날 때를 알아야 합니다.

03

진실을
보는 눈을 가져요

주위를 천천히 둘러보세요

멋진 왕자님은 이미 당신 곁에 있을지도 몰라요.

그저 당신이 아직 알아채지 못했을 뿐이죠.

사람을
겉모습으로 판단하지 마세요

〈미녀와 야수〉의 각본가
린다 울버턴은 이렇게 말했습니다.
"사람을 겉모습으로 판단해서는 안 된다.
아름다움은 아주 사소한 것에 불과하다."

벨이 야수의 내면을 발견할 수 있었던 이유는
사람들의 평가에 휘둘리지 않는 편견 없는 시선과
자신에게 진정한 행복이 무엇인지 아는
현명한 판단력을 지녔기 때문입니다.

외적인 조건이 사람의 가치를 판단하는
기준이 되어서는 안 됩니다.

사랑에도 시간이 필요해요

야수를 처음 만났을 때
벨은 그를 두려운 존재로만 생각했습니다.
야수 역시 그녀가 저주를 풀어주기를 기대하면서도
괴물 같은 외모에서 오는 좌절감 때문에 거칠게 행동하지요.
그런 두 사람이 서로에게 마음을 열고 호감을 느끼기까지는
함께 지내며 서로를 이해하기 위한 시간이 필요했습니다.
첫 만남 때는 인상이 좋지 않았거나
별다른 관심을 느끼지 못했던 사람이 시간이 지나면서
점차 소중한 인연으로 발전하는 경우도 있습니다.

그러니 나와는 어울리지 않는 사람이라고
성급하게 판단하지 말고,
열린 마음으로 상대방에 대해 찬찬히 알아가 보세요.

싸움을 피하지 마세요 🕊

자신을 구하다가 다친 야수를 치료하는 중에도
벨과 야수는 티격태격합니다.
벨이 야수와 얼굴을 마주하고
말다툼을 하는 것 자체가 놀라운 일입니다.

둘의 관계가 그만큼 발전할 수 있었던 이유는

자신을 구해주는 모습을 보며

야수가 사실은 따뜻한 사람이라는 점을 깨달았기 때문입니다.

싸울 수 있다는 것은 두 사람의 관계가 대등하다는 증거입니다.

만약 상대방의 말이 틀렸음을 알고도

반대하지 못하고 따를 수밖에 없다면,

두 사람은 대등한 관계라고 할 수 없지요.

대등한 위치에서 논쟁하는 과정을 통해
관계가 깊어지는 경우도 많습니다.
싸움을 질질 끌거나
여러 문제를 끌어들여 복잡하게 만들지는 마세요.

그리고 화해할 때는 솔직하게 미안하다고 말하세요.

사랑은 존중에서 시작됩니다

야수는 벨이 자신의 말에 따르지 않아 분노하지만,
벨에게 호감을 느끼면서 점차 변해갑니다.
일방적으로 강요하기보다는 벨을 이해하고
그녀가 원하는 것을 이루어주고자 노력하죠.
벨도 자신을 이해하고
존중해주는 야수에게 조금씩 마음을 열게 되고요.

존중은 상대방이

자신의 생각대로 행동하지 않더라도 이해하는 마음입니다.

자신의 뜻을 강요하지 않고,

상대방의 의견과 가치관을 인정하는 태도를 말합니다.

사랑은 사람을 변화시켜요

벨을 사랑하게 된 야수는 조금씩 변합니다.
사랑하는 이에게 어울리는 사람이 되고 싶어졌기 때문이지요.
벨 역시 야수를 사랑하게 되면서
내면의 소중함을 깨닫게 됩니다.

다른 사람을 억지로
변화시키기란 불가능에 가깝습니다.
스스로 변하고 싶다고 느낄 때,
사람은 비로소 바뀔 수 있습니다.

먼저 호감을 표현하세요

야수가 벨에게 도서관을 선물한 것은
자신의 마음을 전하기 위해서였습니다.
야수로서는 최선을 다한 행동이었지요.
하지만 외모에 대한 콤플렉스 때문에
더 적극적으로 행동하지는 못합니다.

고백을 재촉하는 루미에에게도 자신이 없다고 답하지요.

둘만의 무도회에서 벨은

먼저 야수에게 손을 건네며 춤출 것을 제안합니다.

먼저 다가가는 적극성을 보이며

그에게 자신감을 불어넣어 줍니다.

야수처럼 자신감이 부족한 사람에게는

먼저 호감을 표현해보세요.

단. 상대방의 기분을 무시한 일방적인 행동은

오히려 역효과를 부르니 조심해야 합니다.

상대방을 속박하지 마세요

아픈 아버지를 보고
슬퍼하는 벨에게 야수는 자유를 줍니다.
계속 성에 머물게 하면,
벨은 물론 그 자신도 행복하지 않을 것임을 알았기 때문이지요.
그녀의 행복을 먼저 생각하는 야수를 보며,
벨은 그의 진실한 마음을 깨닫습니다.

누군가를 좋아하게 되면,
바라는 것도 요구하고 싶은 것도 많아지지요.
하지만 상대방을 속박하거나 바꾸려고 해서는 안 됩니다.

서로가 자유로운 존재임을 인정하고
상대방을 있는 그대로 받아들이는 것이 진정한 사랑입니다.

서로 이해하며
함께 성장하세요

이 세상에 나와 같은 사람은 없습니다.
상대방이 나와 다른 생각을 하는 것은 당연한 일이지요.
서로의 차이를 인정하고 가까워지고자 노력하면,
사람은 성장할 수 있습니다.
상대방에게 관심이 없다면,
가까워지려는 노력조차 필요 없겠지요.
좋아하기 때문에 상대방을 이해하고
가까이 다가가고 싶어지는 법입니다.

세상에 완벽한 사람은 없습니다.
여러 단점과 결점을 가진 두 사람이 만나 차이를 존중하고
서로에게 부족한 점을 채워준다면,
함께 성장하며 행복한 미래를 만들 수 있습니다.

04

진정한 아름다움은
내면에 있어요

식사는 언제나 즐겁게 해요

성에서 영원히 살겠다고 약속한 벨은
아버지와 꿈을 잃고 절망합니다.
그런 벨이 밝은 웃음과 기운을 되찾은 것은
미세스 팟과 친구들이 준비한
멋진 식사와 극진한 대접 덕분이었습니다.

맛있는 음식을 즐겁게 음미하면서 먹는 것은 건강뿐만 아니라
마음까지 풍요롭게 만드는 마법입니다.

타인의 평가를
신경 쓰지 마세요

다른 사람들이 자신을 어떻게 생각하는지보다
자기 스스로가 어떻게 생각하는지가 훨씬 더 중요합니다.
남에게 인정받고, 사랑받고 싶은 마음은
누구나 품고 있는 감정입니다.
하지만 타인의 평가에 지나치게 얽매이면,
자신의 행복을 위해서가 아니라
남에게 인정받기 위해서 살아가게 됩니다.

사람들의 평가에 휘둘리지 말고,
자신의 개성을 인정하고 자기감정에 솔직해지세요.

관점을 바꿔보세요

벨은 야수의 성을
무섭고 불쾌한 공간으로만 생각했지만,
물건으로 변한 하인들의 유쾌한 모습을 보고
마법의 성이라며 흥미를 보입니다.
관점을 바꾸면 많은 것이 달라집니다.
기분 나쁜 말을 듣고 화났을 때,
상대방의 관점에서 생각해보면
새로운 사실이 보일지도 모릅니다.

어둠에 휩싸였던
성이 저주가 풀리자 밝아졌듯이,
우리의 관점에 따라 세상은 달라집니다.

사물의 본질을
보는 눈을 기르세요

소문이나 지위에 휘둘리지 않고,

상대방이 어떤 사람인지

스스로 판단할 수 있는 눈을 길러야 합니다.

본질을 꿰뚫어 보는 눈은 새로운 사람을 만날 때뿐만 아니라

일상생활에서도 중요합니다.

엄청난 양의 정보 속에서 올바른 정보를 골라내고,

눈앞의 이익만 좇는 것이 아니라

전체를 파악하고 판단을 내리는 것도 필요합니다.

문제가 발생했을 때는 누구의 책임인지 묻기보다

왜 그런 일이 일어났는지 문제의 본질을 파악하고.

같은 문제가 일어나지 않도록

대책을 세우는 것이 현명한 방법입니다.

다른 사람에게
기쁨을 주는 즐거움

"이런 기분은 태어나서 처음 느껴보는군.
그녀에게 뭔가를 해주고 싶어."
야수는 태어나서 처음으로 타인을 기쁘게 하는
행위의 즐거움을 알게 됩니다.
그리고 결국에는 그녀의 행복을 위해
자신을 희생하는 선택을 하지요.
벨 역시 야수를 비롯한 성에 사는 사람들이
자신에게 즐거움을 주고자 노력한다는 사실을 알게 된 후부터는
차츰 성안에서의 생활에 적응합니다.
주변 사람에게 기쁨을 주면, 자기 자신도 행복해집니다.
월트 디즈니는 이런 말을 남겼습니다.

"남을 행복하게 하는 사람은
자기 자신도 행복과 만족을 느낄 수 있다."

Epilogue

벨은 마을 사람들이 꿈꾸는 평범한 행복에는 관심이 없습니다.
작은 마을을 벗어나 넓은 세상에서 가슴 설레는 모험을 하고 싶
어 하지요. 그리고 독서와 공상으로 기른 풍부한 상상력으로 겉
모습보다 내면이 더 중요하다는 사실을 잘 알았기에 진실한 사
랑과 행복을 얻습니다.

벨처럼 진심으로 사랑할 가치가 있는 사람이 누구인지 꿰뚫어
보는 눈을 길러보세요. 그럼 부족한 자신을 이해해주는 동료와
연인을 만나 어떤 난관도 극복해나갈 수 있을 것입니다.
벨의 이야기를 읽으며 진정한 가치와 아름다움을 찾아볼까요?

행복은 의외로 우리 가까이에 있을지도 모릅니다.

옮긴이 정은희

고려대학교 영어영문학과를 졸업한 후 출판사에서 교육서적을 기획하고 편집했다. 오랜 꿈을 이루기 위해 글밥아카데미 번역가 과정을 수료하고, 현재 바른번역에서 전문 번역가로 활동 중이다. 옮긴 책으로 《하버드 행복 수업》, 《곰돌이 푸, 행복한 일은 매일 있어》, 《미키 마우스, 나 자신을 사랑해줘》, 《디즈니 프린세스, 내일의 너는 더 빛날 거야》 등이 있다.

벨,
진정한 아름다움은 내 안에 있어

1판 1쇄 인쇄 2020년 4월 8일
1판 1쇄 발행 2020년 4월 20일

원작 미녀와 야수
옮긴이 정은희

발행인 양원석 **편집장** 차선화
디자인 이재원 **영업마케팅** 양정길, 강효경

펴낸 곳 ㈜알에이치코리아
주소 서울시 금천구 가산디지털2로 53, 20층 (가산동, 한라시그마밸리)
편집문의 02-6443-8861 **도서문의** 02-6443-8800
홈페이지 http://rhk.co.kr
등록 2004년 1월 15일 제2-3726호

ISBN 978-89-255-6911-6 (03800)